Perro.

Sombrero.

El Perro con Sombrero

A Bilingual Doggy Tale

DEREK TAYLOR KENT illustrated by JED HENRY

translated by GABRIELA REVILLA LUGO

HENRY HOLT AND COMPANY
NEW YORK

Pepe was a very sad dog. He had no home and no family to love him.

Pepe era un perro muy triste. No tenía ni hogar ni familia que lo quisiera.

One day Pepe was begging for food on the street when a sombrero flew off a balcony and landed right on his head!

¡Un día Pepe estaba pidiendo comida en la calle cuando un sombrero salió volando de un balcón y le cayó en la cabeza!

He looked so handsome in the sombrero, a grocer gave Pepe a juicy bone. Yum!

Se veía tan guapo con el sombrero, que un bodeguero le dio un hueso delicioso. ¡Qué rico!

Then a movie director drove by in an expensive car.
He shouted, "Cool! A *perro* in a sombrero! You must be in my movies."

Un director de cine pasó por allí en un carro lujoso y gritó: "¡Genial! ¡Un perro con sombrero! Tienes que aparecer en mis películas."

Pepe became the star of many great films.

Pepe se volvió estrella de cine.

He played a cowboy dog.

Hizo el papel de un perro vaquero.

He played a romantic singer.

Hizo el papel de un cantante de boleros.

In a comedy, he even ate a habanero pepper!

¡En una comedia hasta se comió un chile habanero!

He made a lot of money.

Hizo mucho dinero.

But he was still sad because he didn't have a family.

Pero aún estaba triste porque no tenía familia.

Lying in his dog mansion, Pepe had no one to pet him and hug him. Only his adoring fans gave him comfort.

Acostado en su mansión, Pepe no tenía a nadie que lo abrazara. Solo sus admiradores le brindaban consuelo.

But someone did *not* like Pepe: *el gato* in *zapatos*!

Pero había alguien que no quería a Pepe: ¡el gato con zapatos!

¡El gato con zapatos!

El gato in zapatos was the biggest star in the world before el perro in sombrero came along. He was a very jealous kitty cat! "I should be the number one star! That dog would be nothing without that silly sombrero!"

El gato con zapatos era la estrella de cine más grande del mundo antes de que llegara el perro con sombrero. Era un gatito muy celoso. "¡Yo debería ser la estrella más grande! ¡Ese perro no sería nada sin ese tonto sombrero!"

The next day, el gato in zapatos snuck into Pepe's dressing room and stole his sombrero.

Al día siguiente, el gato con zapatos se metió en el camerino de Pepe y le robó el sombrero.

PEPE

When Pepe arrived, everyone asked, "Where is your sombrero?"

Cuando Pepe llegó a trabajar, todos le preguntaban: "¿Dónde está tu sombrero?"

Then Pepe saw el gato.
El gato in zapatos was escaping through the back window!

Pepe vio al gato.
¡El gato con zapatos se estaba escapando por la ventana trasera!

Pepe took off after him. Run, Pepe, run!

Pepe salió corriendo tras él. ¡Corre, Pepe, corre!

Pepe chased the sneaky kitty through the busy streets.

Pepe corrió tras el gatito bandido por las calles bulliciosas.

Through markets.

Por los mercados.

Through cinemas.

Por los cines.

Through weddings.

Por las bodas.

Through parades.

Por los desfiles.

Soon Pepe cornered el gato in a playground sandbox. "Give me back my sombrero!" Pepe barked.

Pronto Pepe se encontró con el gato en la caja de arena de un parque. "¡Devuélveme mi sombrero!" ladró Pepe.

But then a little girl spoke. "Look, Papa! A lost dog!"

Pero justo entonces una niña habló. "¡Mira, papá! ¡Un perro perdido!"

Pepe turned and saw a whole family.

Pepe se volteó y vio a toda una familia.

Father.
Mother.
Daughter.
Son.
Papá.
Mamá.
Hija.
Hijo.

“Can we keep him?” asked the daughter.

“¿Nos podemos quedar con él?” preguntó la hija.

“He can come with us only if he wants to,” said Papa.

“Solo si él quiere venir con nosotros,” dijo su papá.

Pepe looked at el gato in zapatos. Then he looked at the family.

Pepe miró al gato con zapatos. Y luego hacia a la familia.

“Keep the sombrero,” said Pepe to el gato.
Then he jumped into the arms of the small girl.

“Quédate con el sombrero,” le dijo Pepe al gato.
Después saltó hacia los brazos de la niña.

The family took Pepe home. They pet him and hugged him all day, and they snuggled with him at night.

La familia se llevó a Pepe a casa. Lo acariciaron y lo abrazaron todo el día, y se acurrucaron con él por la noche.

What happened to el gato?

¿Qué pasó con el gato?

There he is, looking longingly through the window.

Allí está, mirando con anhelo por la ventana.

So the family adopted him, too. Now they were a big, happy family!

Pues la familia decidió adoptarlo también. ¡Ahora es una familia grande y feliz!

Perro.
Zapatos.
¡El perro con zapatos!

Gato.
Sombrero.
¡El gato con sombrero!

And Pepe was the happiest dog in the whole world.

Y Pepe fue el perro más feliz del mundo.

For my best buddy, Zander,
and every dog in need of a home

Para mi mejor amigo, Zander,
y cada perro que necesita un hogar

—D. T. K.

Henry Holt and Company, LLC, *Publishers since 1866*
175 Fifth Avenue, New York, New York 10010
mackids.com

Library of Congress Cataloging-in-Publication Data
Kent, Derek Taylor.
El perro con sombrero : a bilingual doggy tale / Derek Taylor Kent ; illustrated by Jed Henry ; translated by Gabriela Revilla Lugo. — First edition.
pages cm
Summary: Although Pepe achieves fame and fortune as a movie star dog, much to the chagrin of a jealous movie star cat, Pepe longs for a family.
ISBN 978-0-8050-9989-8 (hardcover)
1. Dogs—Juvenile fiction. [1. Dogs—Fiction. 2. Cats—Fiction. 3. Pet adoption—Fiction.]
I. Henry, Jed, illustrator. II. Lugo, Gabriela Revilla, translator. III. Title.
PZ76.3.K35 2015 [E]—dc23 2014038498

Henry Holt books may be purchased for business or promotional use. For information on bulk purchases, please contact the
Macmillan Corporate and Premium Sales Department at (800) 221-7945 x5442 or by e-mail at specialmarkets@macmillan.com.

First Edition—2015 / Designed by April Ward
The artist used scanned pencil and watercolor textures combined with digital watercolor techniques in Photoshop to create the illustrations for this book.
Printed in China by RR Donnelley Asia Printing Solutions Ltd., Dongguan City, Guangdong Province

1 3 5 7 9 10 8 6 4 2

T 105771

DATE DUE
DEC 0 1 2015
JAN 0 2 2016
FEB 2 7 2016
2 4 2016
JUN 24 2019
AUG 14 2019
AUG 1 1 2022
JUL 2 4 2023
PRINTED IN U.S.A.
PORTLAND DISTRICT LIBRARY
334 Kent St.
PORTLAND, MI